LA JOURNÉE

DE

CREVELT,

POËME

A PARIS;

Chez
Léonard Morel, Grande Salle du Palais,
au grand Cyrus, au quatriéme Pilliers.

Guillyn, au Lys d'or, rue du Hurpoix,
à l'entrée du Quay des Augustins.

M. DCC. LVIII.

AVEC APPROBATION.

LA JOURNÉE

DE

CREVELT.

LA Gloire avoit déja, sous ses drapeaux flotans,
Conduit aux bords du Rhin cent mille Combattans,
Défenseurs de nos Rois, que le Dieu des armées
Fait voler au secours des Villes opprimées ;
Du Héros de la paix, ils portent les désirs ;
L'espérance du peuple, & nos ardens soûpirs.
La France, en palpitant, de l'œil les accompagne ;
Se rassure ; elle voit le fruit de leur Campagne,
Le Rhin que nous passons, le Wesel traversé,
L'Hanovrien tremblant, le Hessois renversé.

A

Le fier Cumberland fuit, l'invincible d'Eſtrée
Soumet à notre empire une immenſe Contrée.
Puis-je vous retracer, prodiges de valeur,
Qui rendez glorieux juſqu'à notre malheur ?
Pour des faits inoüis, il faut un nouveau ſtile
Plus divin, s'il ſe peut, que celui de Virgile.
Ce Romain avoit-il à dépeindre un combat,
Où l'ame du Héros fût dans chaque Soldat,
Où le Guerrier craignit, qu'aux dépens de ſa gloire,
Un ordre, en le ſauvant, n'enlevât la victoire ?
Quel feu dans le Français, pour défendre les Lys !
La Patrie eſt ſon ame, & ſon aſtre eſt L o u i s ;
A ſon amour pour lui, peut-on le méconnoître ?
Je veux vaincre, dit-il, où mourir pour mon maître...
Braves Carabiniers, invincibles Dragons,
Quelle gloire aujourd'hui va couronner vos fronts ?
Vos ſuperbes Courſiers, éprouvés à la Guerre,
Sont fermes, comme vous, aux éclats du tonnerre ;
Le fer étincelant, dont vos bras ſont armés,
Répand moins de terreur que vos yeux enflammés;

Tout tombe fous vos coups, votre main foudroyante
Porte par tout la mort, & féme l'épouvante.

Chevreufe, & le Voyer, dans des champs inhumains,
De morts, & de mourans ont jonché les chemins.

Marine, Rouffillon, Aquitaine, & Couronne, *
Je fais fumer l'encens que l'Univers vous donne;
Si la fortune alors eut fervi la valeur,
Vous euffiez de l'Empire affuré le bonheur.

Les lauriers t'attendoient redoutable Cohorte;
Je la fuis au combat où fon ardeur l'emporte.

Des tourbillons de flamme, & mille traits lancés,
N'offrent à mes regards que Soldats renverfés.

Dans les Champs, ainfi tombe une grêle funefte,
Ici tout Berger fuit, & l'a tout Soldat refte.

Que les Cieux ébranlés s'abîment en éclats,
Sous la chute du monde, il ne pâlira pas:
Le courage eft fon cafque, & le cœur fon égide,
Eft-on plus à couvert, fous un front plus timide?
Du fuperbe vainqueur arrêtant les progrès,
C'eft l'intrépidité, qui nous cache à fes traits.

* Les quatre principaux Régimens qui ont combattu.

La Phalange animée au péril s'abandonne ;
Par trois fois elle enfonce une horrible Colonne :
O Ciel point de fecours ! Le Soldat va périr ,
Il combat pour la gloire , eft-il fait pour mourir ?

Le brave Saint-Germain * ranimant fon courage,
Du jour de Fontenoy , nous retrace l'image ;
Dans ce terrible jour , il prend l'ame de Mars ;
Couvert de fa cuiraffe , il brave les hazards ,
Se livrant tout entier à l'ardeur qui l'anime
Il déploye à mes yeux fon ame magnanime ,
Tonne, frappe, renverfe, il vole, il eft par tout.
Il eft Chef, eft Soldat, prefque feul il fait tout ;
Mémorable journée, où chacun ne refpire,
A l'afpect du danger que l'honneur de l'Empire !
Là tout couvert de fang , & noblement poudreux,
Le Soldat indigné voit le carnage affreux ;
Je veux , dit-il. … la mort lui coupe la parole ;
Son courage en couroux , fuit l'ame qui s'envole.

* M. de Saint Germain , Lieutenant Général , commandoit le Corps
de Troupes que les Ennemis attaquerent .

Les superbes Romains, dans leurs fameux com-
bats,
Avoient-ils autrefois, le cœur de nos Soldats?
A la France, il est vrai, la fortune est contraire;
Mais d'un hommage pur le cri peut-il se taire?
Doit-on, dans le malheur, oublier la vertu?
La honte est de trembler, & non d'être vaincu.
Dans ce fier Combattant, * que de feu! Quelle au-
dace!
De son casque abbatu le laurier prend la place;
Son sang coule à grands flots, son bras combat tou-
jours;
Pour prix de sa vertu, le Ciel sauve ses jours.
Quelle main, Lauraguais,** te dérobe au carnage?
Est-ce un homme? Est-ce un Dieu? Le Dieu, c'est
ton courage,

---

* M. le Chevalier du Muis, Lieutenant Général, eut son chapeau
emporté, il reçut plusieurs coups de sabre.

* * M. de Lauraguais, Mestre de Camp de Royal Roussillon, qui
a souffert beaucoup, fut exposé aux plus grands dangers.

Tes regards foudroyans , ton fer répand l'effroi ;
J'admirois ta valeur , & je tremblois pour toi :
Les Mufes partageant mes nouvelles allarmes ,
Craignoient fur un tombeau de répandre des larmes;
Si le fort infléxible eut frappé le mortel ,
Qui d'éternelles fleurs parféme leur Autel.
Quel eft ce jeune Chef que le Soldat admire ?
Il foutenoit déja la gloire de l'empire ;
Il voloit comme l'Aigle , étant encore Aiglon ;
A peine il étoit né , qu'il décoroit fon nom.
Dans les Champs d'Haftembek, maîtrifant la victoire,
Il nous avoit montré l'aurore de fa gloire.
Héros & Citoyen , Beleifle le forma ,
Pour le Peuple & le Roi fon amour l'enflamma:
Bethune * lui tranfmit fon cœur , un fang de Reine ,
Et les grands fentimens , dont fon ame étoit pleine.

* M. de Bethune , Epoufe de M. le Maréchal de Beleifle , étoit petite Niéce de la Reine Soubieski de Pologne. L'Auteur ne parle de M. de Gifors , fon fils , Commandant des Carabiniers , que d'après toute la France.

Sur cet Hector nouveau, sur le brave Gisors ;

La Nature & le Ciel prodiguoient leurs tréfors ;

La vertu, son éclat ; la jeuneffe, ses charmes ;

Ton malheur eft le mien, te dit la France en larmes,

Miniftre, dont le zéle affure mon repos ;

Tu perds un digne fils, & je perds un Héros....

Prodige de bravoure, à son troifiéme luftre,

Dans son ardeur naiffante un fils de Mars s'illuftre;*

Pour l'empire des Lys, eft-il rien de plus grand

Que de voir la valeur, dans l'ame d'un enfant ?

Brave & noble jeuneffe, imitez son exemple;

La gloire vous appelle & vous ouvre son temple :

Au déclin de mes jours, puiffe ma foible voix

Se foutenir encor, pour chanter vos exploits!

Loin d'ici les plaifirs, & la molle indolence !

Il faut un zéle pur & des bras à la France,

* M. Bullioud, Cornette aux Carabiniers, a montré dans le combat, & après, toute la valeur, & toute la prudence qu'on peut attendre d'un bon Officier. Le Roi l'a décoré de la Croix de S. Louis, l'a fait Capitaine. La Gazette en a parlé très-avantageufe- ment : il a environ dix-fept ans.

Tels , qu'au jour de Crevelt, jour trifte & glorieux;

Le Français intrépide en montroit à nos yeux.

Ils répandent leur fang , il en fort une gloire ,

Qui va de fiécle en fiécle , illuftrer leur mémoire.

La couronne à la main, le front ceint de lauriers;

La victoire voloit vers nos braves guerriers ;

La Difcorde indignée en égare les guides ,

Et détourne le vol de fes aîles rapides.

Sur leurs pas la victoire erre dans la Forêt ;

Où pour tout foudroyer , le bronze eft déja prêt ;

Du fond des Bois s'élance une flamme invifible ,

Qui feule pouvoit vaincre une Troupe invincible;

De fils de Roi qu'il eft, Xavier * fe fait Soldat ;

Il marchoit à la gloire , il voloit au combat.

De la Saxe il avoit à venger la querelle ,

Dans Maurice * * il voyoit un infigne modéle;

* Xavier , Prince de Luface , fils du Roi de Pologne , fe confondit avec les Grenadiers de France , pour combattre avec eux il vient d'être fait Lieutenant Général.

* * Maurice , Maréchal de Saxe.

Ce que Maurice eut fait, Xavier l'eut fait pour nous.

La Difcorde l'arrête, elle craignoit fes coups :

Monftre affreux inhumain, il ne vit fur la terre,

Que pour éternifer les horreurs de la Guerre.

Cette Guerre fatale étoit prête à finir ;

Contre la valeur même eut-elle pu tenir ?

Des vices dangereux, une Pallas célefte

Avoit banni du camp la cohorte funefte,

Et Bellone attachoit à de nobles travaux,

Les généreux Soldats qu'éclairoient fes flambeaux :

A les voir on eut dit que les ames Romaines,

Pour triompher encor, renaiffoient dans nos plaines :

L'intrépide Clermont * promettoit au Français,

Dans des jours ténébreux, les plus brillants fuccès :

Et que n'eut-il pas fait ? Mais dans la jaloufie,

La Difcorde reprend une nouvelle vie,

---

* Le Prince Comte de Clermont, faifoit obferver dans l'Armée dont il avoit le commandement, la difcipline la plus exacte, en vertu de la nouvelle Ordonnance du Roi, défignée par la Déeffe Pallas.

Parmi les Rois, dit-elle, au plus foible toujours,
Pour régner plus long-tems je prête mon secours ;
Si je ne puis forcer la colere célefte
A frapper les Etats d'un Roi qui me détefte,
En faveur d'Albion * j'éguiferai le fer,
J'embraferai la terre, & j'armerai l'enfer... :
     La perfide à ces mots fous une forme humaine,
Va furprendre le Prince, en déguifant fa haîne ;
Elle vole par tout, & femant un faux bruit,
D'un triomphe éclatant nous enléve le fruit.
Quel changement, grands Dieux ! Une prompte
          retraite
A fauvé l'Ennemi d'une entiere défaite :
Eft-ce crainte ? Eft-ce erreur ? Eft-ce fatalité ?
On quitte la carriere, & l'on eft redouté !
Dans ce trouble fatal, la feule obéiffance
A fufpendu les coups des Héros de la France :
Le Français dans fa marche à tout l'air d'un vain-
          queur ;
L'Ennemi dans fon camp, fent palpiter fon cœur.

* *Albion*, l'Angleterre.

Te pourfuit-il, Lauzon, * par tes feux animée,

Ta phalange couvroit la marche de l'armée.

Plus braves que l'Anglois , nous fommes moins
heureux ;

La valeur eft à nous, la fortune eft pour eux.

Tu peux vaincre, Albion, mais non pas nous ab-
battre ;

On dompte la fortune à force de combattre...

A peine elle a flechi fous le fouffle du vent
que la tige du Lys fe redreffe a l'inftant

Le Lion d'une fléche a-t'il fenti l'atteinte ?

Dans fes yeux enflammés la rage eft déja peinte ;

Son fang coule , il le voit, loin d'en être abbattu,

Il tire de fa playe un furcroit de vertu,

Plus ardent, plus terrible, il rugit, il s'élance,

La criniere hériffée, il vole à la vengeance,

Fait trembler fon vainqueur, il l'attaque, il l'abbat,

Et foudain la victoire eft le prix du combat.

* Lauzon Desjardins , Lieutenant Colonel aux Grenadiers de France, conduifoit le dernier Corps de l'Armée ; il ne fut point attaqué.

Le Français eſt Lion , c'eſt le Dieu de la Thrace
Qui lui donne en naiſſant, cette bouillante audace :
Armons-nous, combattons , mon cœur eſt offenſé ,
Je m'anime à l'aſpect du ſang qu'on a verſé.
Je vois le défenſeur * du trône germanique ;
Je puiſe dans ſes feux, une flamme héroïque ;
Son nom vole par tout ; ſes rapides exploits
Fixent ſur lui les yeux des Peuples & des Rois.
Vers les Climats de l'Ourſe , un Monarque terrible
Quand il paroît, n'eſt plus un Monarque invincible.
Enlevés , ou brûlés plus de trois mille chars,
Sont pour lui plus brillans, que tous ceux des Céſars.
De ſes heureux ſuccès la gloire n'eſt point vaine ;
C'eſt ſervir la vertu, que de ſervir ſa Reine ;
Agréable aux humains & plus encore aux Dieux,
Thereſe a tout pour elle & la Terre & les Cieux.
De deux Aſtres unis la ſplendeur fait la nôtre :
La Seine adore l'un & le Danube l'autre.

* M. le Comte Daun , Généraliſſime des Troupes de la Reine
d'Hongrie , Alliée de la France,

France, Europe, Univers, uniffez-vous à moi :
Je combats pour la Paix, je combats pour un Roi,
Qui faifant de fa gloire un noble facrifice,
Pour régle, en fes projets, eut toujours la juftice ;
Il ne foutient la Guerre aux dépens du repos,
Que pour voir, par la Paix, couronner fes travaux.
Alliés qu'on infulte, un Monarque, une Reine,
Mon devoir, l'infortune, au combat tout m'entraîne :
L'image du paffé nous offre des malheurs,
Et pour eux je n'aurois que de ftériles pleurs ?
L'imbécile mortel tremble fe décourage,
Mais le Héros fait tête aux affauts de l'orage :
Confervant fon grand cœur, jufques dans les revers ;
Du fein de l'infortune il brave l'Univers.
Soubife eft ce mortel : fon ame peu commune
Rapelle la victoire & change la fortune ;
Sous fes brillans drapeaux, le Français belliqueux
Vole aux nouveaux fuccès qu'il retrouve avec eux.
Une perte fatale eft un germe de gloire,
Quand pour la réparer on cherche la victoire.

Sous le fer d'Annibal, le Romain abbattu
Se reléve, combat ; Annibal est vaincu.

F I N.

J'Ai lû par ordre de Monseigneur le Chancelier, un Poëme
sous le nom de *La Journée de Crevelt*, il m'a paru qu'on
pouvoit en permettre l'impression. Fait à Paris ce 25 Août 1758.

C A P P E R O N N I E R.

De l'Imprimerie de la Veuve DELORMEL, rue du Foin,
à l'Image Sainte Geneviéve, 1758.